U0133377

目　录

行走的黑夜

午后

天不是说黑就黑的
你不说
天也黑了

猫在打瞌睡
你在说梦话

雨
憋了那么久
就是下不来

等待

给等待设定界限
剪去芜杂的枝桠
如果为一棵陌生的树命名
树下就是你慌乱的情欲

有台阶
可以坐下
三月过后
所有的花朵
就显得专横了

故乡

冷湿的路
闪光
影子
掩盖光

所有的路
都指向
故乡

所有的影子
被故乡
驱逐

如果可以
虚构
它就存在

如果有记忆

它就是

虚构出来的

永恒

每一个广场
耸立着高可及云的柱子
它们竭力支撑沉重的天空
更多的
折断在荒草夕阳里
天空空悬

几棵椰枣树
与柱子静默对峙
和时间一样长久

海鸥
落下
又飞走了
翅膀镶着落日的黄金

剩下

巨大的楼群

巨大的阴影

每一个街角

都走过古老身影

然后，柔软地消失

而大多时候

消失

比虚妄的存在

更永恒

罗马的雨

罗马的雨
落在古罗马的石板路上
石块
黑亮得像众神消失的眼睛

在万神殿
仰望屋顶
天空是一个小小的圆心

随眼睛旋转
那上面曾经有灿烂的星光

巨大的大理石柱
依然坚固

众神渺渺
众生步伐依然匆匆

信念下着雨

我站在维吉尔的屋檐下

默念但丁的

诗篇

天空

切割天空
昨晚的那盏灯
成为黑点

秋天的芦苇
奔走了一万公里
失去了方向

风在行人的背后
像一个词
语义不明

米兰

像个老妇人
打着瞌睡
做着短暂的春梦

灰色的街道
灰色的房子
树木也是萎靡的

一辆轨道公车
蹒跚而过
夕阳挂在街角的塔尖上

总有两个世界
一个在尘封的档案馆
一个在衣香鬓影的 T 台上

我走过几条购物街

行人稀少

男的很帅

女的迷人

九月的风

有点凉

终点是米兰大教堂

几只鸽子

受到惊吓

惶惑地望游人

钟声响起

像心中浮动的

烟

在里昂车站

在里昂车站
我想遇到加缪
而不是米兰·昆德拉

黝黑色的铁结构穹顶
像肖邦的练习曲
坚硬
并透析午后的阳光
咳嗽声
在人群中传出
诗人的肺炎
以及脸上羞涩的红晕

行礼沉重
时钟依然古老
他们通电话
他们自拍

他们吻别

对于我来说

这和异国的文字一样陌生

我假装熟悉一切

翻阅书店的时尚杂志

色情或食物

这些都不需要文字

等待一列车

缓慢开过来

载我去日内瓦

香榭丽舍

睡不安稳
一直在做梦
梦了许多
却没梦见巴黎

九月的巴黎
落叶满地
望眼皆金
香榭丽舍
衣香鬓影
这一切
似乎都与我无关

我只想，在黄昏
漫步在塞纳河两岸
远远的
听圣母院苍老的钟声

或者,在协和广场

计算有多少人

曾在这里

上了断头台

甚至想去寻找

策兰投水的

地方

立场

蜗牛做了梦
变成人

背负
壳和思想

依然爬行
却有了思想

一切痛苦的
根源

如果变不回去
世界旋转
怎能容忍
缓慢

黑与白

日与夜

没有两样

看巴托克一幅画

黑色天空
失去支撑的厚幕布
压挤着地平线

光的黄金
被锻打成一条线
横切时间

故事被遮蔽
在另一个空间

观看者
收获整个下午的
沦陷

乏

踌躇再三,也没有人愿意

先开口

司机在原地绕了三圈

最后还是司机

道了歉

几乎同时,沉默者

都说没关系

我掏钱

我也说

没关系

可真的没关系

吗

梧桐树还有一半叶子没有枯黄

像观看肇事的群众

和谐满足安详

我真的觉得困了，上海的灯

照在水杉树上

是全黄了

等

火车按时开出

铺开的黑暗

像眼眸

也像记忆里唇上的黑色绸缎

我开始给手机充电

车窗玻璃是镶在虚无的镜子

照着我

熟悉又陌生

充电线垂着

白色的困倦

有时等待一个信息

像等待一颗种子发芽

最好是沉沉睡去

让那阵风那阵雨

无痛诞生

在太古汇露台

另一种时间

千百种罪

被樟木台上移动的日影

覆盖

天空越来越透明

巨大的蝉壳

再找一个词

就可以描述那种疼痛

在凤凰树之上

失眠的云

在慢书房

慢
再慢一点
眼光
在你身上
已经历
四季和重生

慢
再慢一点
你是我一本未写的书
从唇音开始
词
寻找词
爱是
最初和最后的
坚持

慢
再慢一点

在沪广高铁上

速度是一种孤独
雨
错过某个小镇
和无限的黄昏

除了美艳
夹竹桃不说一句浪漫的话

黑色丝绒
穿越漫长的隧道
在某种程度上
只和双唇有关

时间
感官颤栗般幽深

出发

暴雨里

细雨里

出发：火车疾驰

因为我的迟到

因为车的晚点

一切似乎是最好的安排

目的地：针尖上的城堡

在暴雨里

在细雨里

我梦见城堡被最红的太阳焚毁

我忘记城堡是最硬的冰块垒成

信号是最纯粹的情欲

高压线上闪烁舞蹈

暴雨里

细雨里

出发：你打盹

我的梦靠近

城市

这座城市没有寓言
不会忧郁
不是闲逛者的天堂

他们热爱四季疯长的花草
并随意将它们丢弃

这座城市没有热情
不会虚伪
赤裸裸的实用主义

我不以它为荣也不以它为耻
彼此保持陌生偶尔想起

苏州站

广播送走一波一波的人流
像海水拍在沙滩上
不见了

阳光是日常的阳光
透过天幕
有点恍惚

我想象列车高速行驶
铁轨冷峻的火光
风驱逐风

沿途

而我想
锁骨是春天的池塘
充盈饱满
孕育各种欲望和骚动

列车穿过最漫长黑暗的路段
在秋天
锁骨似的白桦林
眼光深远
内心冷涩

火没有熄灭
贴紧最柔软的地方
回忆潮汐
那一闪而过的锁骨啊

春夜

用汉语
听这夜雨
更适合
失眠

雨外
是千山万水之外
即使有飞机
有高铁
也缩短不了
忧伤的
距离

水涨
鱼肥
新闻联播
王者荣耀

鱼腹没有剑

也没有断肠的情书

明天

购物商场

有探鱼

也有斗鱼

我趋于词语的素食

以视力煮熟明天的昨日

用风卷起

被雨忽略的尘埃

与蠹鱼对饮

焚书的火光

无题

九月
天空推开校门
接纳年幼的
星光

柚木柜上
青花瓷瓶的
阴影
训练一朵百合
睡眠正确的
姿势

空杯
装满荒野的
秋天

另一座城市

他穿越古旧的街区
雨在飞
木棉花还没有开放

他试图寻找某年走过的那段路
全无头绪
他的记忆储存着某人的气味

水泥路比石板路要乏味得多
他当然记不起南越国的模样
他甚至准备放弃对自己的记忆

树叶闪亮
他尽力把伞撑高
天是那么压抑

禁忌之地

喧嚣的孤独里
只有黑暗和爱是自己的

伤感黑铁般刺入夜色
他祈祷风不要失踪
带着唇边的那个名字

灰烬

火并没有变成灰烬
灰烬是火以外的东西
被火烧成灰烬的

火死于灰烬之前
梦清晰于醒之后

推着焦虑越过渐涨的江面

如果这场雨不同于雨

荒芜并且歌唱

闭上眼睛

光沿着墙壁汩汩流淌

形成天空巨大的废墟

我们不会因为手势复活

闷雷兼并词汇

很久以来的夏天

推着焦虑越过渐涨的江面

灵魂晦暗

隧道

华灯是某种形式的荒芜
刚穿过地下隧道
就把我包围

路边各式乞讨者
神色淡漠
周围一切似乎都和他们无关
扩音器声音极大
南腔北调
是另外的一种荒芜

我急步转入一条内巷
一阵风
地下零落的几片枯叶
跟着动了起来

秋的黄昏

天桥两侧的勒杜鹃
都开透了
像道路颈部的伤口
意识到它存在的人
勒紧绳索

他的嘴
微张，尖锐的牙齿
刚好咬住
坠落的夕阳

野蛮的天真
都缘于
梦游者
事先虚拟的
路线

皱巴巴

影子

站在词语的

窗外

妄

冬天的镜底
堆满春天的物料
潮湿，暧昧

模糊的影子
被灯光劫持
以及那只举起的手

歌声发霉
眼睛依然干涩
禁锢风
从色情的背后

用黑暗修一条路
直接通往夏天

陷

黄昏的沼泽

春天反常灼伤疾走的树木

花开在指尖

魔鬼般的香气

以小步舞曲的节奏

攻击一条鱼的呼吸

你是湖水凝聚的鸟群

孤独的无数

和失眠讨论夜晚

和肉体交换灯火

在灯火最深处

我昏昏欲睡

还有那只

缄默的猫

梦

他听到死者的叹息

开始一夜无梦

月光像一片金黄的银杏叶

托着他蝉蜕般的肉身

回到生命的源头

水杉树揽着春天的长臂

新芽发出啪啪的声响

词语堆砌新的城堡

用他的体液和愉悦的叹息

他回到宇宙的胎盘

他追忆最初的撞击

河流解冻

山火喷发

他知道死者是他的影子

死者撑着一盏灯

群鱼在灯光里繁殖

他是一条鱼

死者梦见月光

盗取他的梦

无题

我不会飞翔也不会睡眠
我属于天空和无数个夜晚

我不允许你受任何委屈 天空
我不允许你受任何伤害 夜晚

天空就是飞翔本身因为你
夜晚就是你点亮的琴声

忽然的大雨是你的梦
走进你的梦里我开始睡去

睡眠就是另外一种飞翔
你张开双臂是一样的天空

午后

既然是阴天我就把灯打开
在午后两点
另外一个地方，你午睡
我希望有厚厚的窗帘
再短暂的梦
也可以梦见一朵花完整开放

午后的白炽灯
像高速飞行的夜航机
舱内的人各怀心事
我带着耳机想象你的手指
触及琴键滑向我的耳垂

既然是阴天
我可以陷进沙发
像你平时那个样子
睫毛是春天的树林
我靠近进入
大地发出最私密的声音

缺口

我也不知道灰霾是怎么消失的
黄昏大多是一段好时光
也许有风
钢化玻璃深处
也许有更深的海
在翻腾

两栋楼之间恍惚有消失的时间
我和你一起收集梦的碎屑
喂养海嘴鸥
那是你说玻璃深处有海的
唯一原因

但更多时候
玻璃成了碎片

无题

天被掏空
狩猎者
捕获
雷电和模糊的街灯

剃刀
身不由己
走在
疼痛边缘

欲望

欲望
不像街灯
被设定

雨被预报
楼正长高
道路堵塞
焦躁
不是欲望

欲望
不是容器
被衡量

脚走在路上
手机在手
如果停下来

我就为你写诗

欲望
是诗
是你
是被放逐的词
是黄昏
是禁不住出声的
双唇

错觉

那么漫长的一场雨
是错觉
玫瑰花干渴的喉咙
唱着沙哑的歌
你在阳伞下
喝冰镇精酿啤酒

那瓶冰镇精酿啤酒
是错觉
你燥热的嘴唇
掠过我的双眼
睫毛开始洪水泛滥

我们享受这种错觉
在莫名其妙发呆的时候

蓝

从深紫
析出欲望的红
此后
我只爱无限透明的蓝

那些夜
那些词
在虚空里
如宇宙
如微尘

你的指尖带着静电
千万亿分之一瞬
照亮
千万亿次轮回的
无明

隆起的夜晚

隆起的夜晚
灯光被突如其来的雨
抽打
近乎完美的伤痕
在词语赤裸的脊背

岩浆灼烧喉咙
春天因某个滑音
跌伤
从一棵树一棵树的夹缝
捡拾影子
空空荡荡的柜箱
时间
戛然而止

轻轻地
内心被剥出
空即秩序
无疑

场景

镜子吞噬镜子

受困的人

像一首无限循环的老歌

灯在头顶

词语撞击词语

嘴唇

寻找逃逸的声音

某个午后

某个场景

深邃的走廊

梦里一条曲折的秋藤

我是你的男人

湿漉漉的桂花香气

月光

舌尖的溃疡

你闪亮的吻

摧毁沿街的风铃木

黄色声响

粘在厚厚的窗帘布上

河流已铺好床垫

睡吧

紧握的拳头

色彩不必要

眼睛不必要

风只需要一个坚硬的额头

撞击宿醉的门

月光的尽头是月光

舌头从不到对岸购买井里的盐

溃疡也不是一个陌生的湖

你头发乌黑

骏马沿着锁骨奔走

你不是古代的家伙

喜欢空谈战争

词语清楚词语的释义

但月光不同

月光

是你舌尖的情人

我坐在东轩

必须的场景

我才能看到你在月光下

修剪桉树的名字

舌头卷入整个夜晚

我的错误是发现最后的微光

是只合金的海豚

用焚化炉呼吸

臆想

要下雨了，独角兽的天空陷入
时间的沼泽
你双手充满罂粟的记忆
这夜，刀子贩卖深吻
风的前额
是灯光的伤痕

影子一样饥渴
举目望去
城市像宿醉之词
语义暧昧不清
从镜子走出
裸身在杯中抛锚

尽

要把所有的爱欲开尽
春天咬遍波浪的裸色

我是我的镜子
被喘息声淹没

我要说出你的身体
在发现中忘记

原谅我
空白才是永恒的主题

蛾

盐
还在流汗
渗向五月

破土而出的蛾
不需要隐喻
不需要你我的呼唤

天上还飞满模糊的嘴
你镜底的那一张
张开
同时抵达无形的
手指

适

最好不用慵懒来
形容这个午后
阳光有点干燥
毕竟是秋天了

你的慵懒带着春天的气息
雾气中的夹竹桃

这午后的时光
都用来想念
咖啡挺好
微酸
和想念的味道相似

寐

我近乎沉溺地陷入这初春的夕阳

为了看护自己的影子

朝东漫长行走

向卖花人买一枝深紫的玫瑰

递给自己灰色的分身

避免用脚踩过

忠实于自己的影子

像重构前生的梦

醒与梦

都有一条河流给予启示

直到影子

与夜晚合而成一

你将显现

在河的彼岸

你即是我

从未彼此舍弃

暮光波动

灯光是不动声色的
雨也是不动声色的
色彩就动起来了
流动的路
流动的树

我走过的
是你
是他
是所有的人
看到色彩都动起来了

我坐在一杯水的表面
鲸饮
光年的眼光

声部

在飞翔剥离的路上
白天
流淌着夜的眼

句子如此之短
只能朝上

朝下的是伤痕
火光并非只在近处

让我有藏身之处吧
我不会供认一只蝴蝶的悲哀

绝对之间

既非光影足以完成的彼岸
也非明亮的眼睛穿越你的眺望
梦的绝对宁静在刀锋上闪闪发光
以风试刃
春天所能敞开的是辉煌的劫持：
格桑花在遥远的他乡
寻找一首歌曲的轮回

总要有一次绝望
才能拥有一无所有的智慧
既要搭建坚固的屋顶
又要不时仰望天空

我找到自己的时候
某种欲望就离开了

源

黑暗的担保者,使夜

在你体内显示巨大的形状

树也在你身上

撑开空气的材料

使焦虑的双手

有时间触抚词语的凶险

在河流的源头打结

歌声的血水奉献给古代的谦恭者

典故的深度

在脑门打孔

欢呼还活着那些高高举起的手掌

把单一的名字刻在腥臭里

唯一的证人是所有人

路在混凝土中

我分享蜂蜜的颜色和预言

再翻一页

风就停了

星光载着同一艘疯人船

极端日常

雨后
大风雨停歇
一只蜗牛艰难爬上掉落的树枝
花园一片凌乱
鸟声不知从哪里发出

天空的额头布满皱纹
彻夜失眠的风扯着
棕榈树的头发
仪态全无

你身后躺着影子
没有表情
风从东南边吹来
时间是午后三点
这是你和影子的默契

树荫是暗绿色的

你从来没去想

浓绿中

有那么多枯枝

一只蜗牛艰难爬上掉落树枝

莫名其妙的一缕阳光

掉在它粉红色的背上

虚 构 的 罂 粟

给你们

他以他所有河流的黄昏
换取我失眠的土地
天河东路的挖掘机
忽略词语
直抵荒芜的核心

而我早把自身的重量
抵押给午夜失禁的蝉声
每一棵芒果树
此刻
可以凭借幽灵歌唱
在第一和最后一个拐角
影子吞噬
夜行者过于铺张的寂寞

我相信
镜子曾经藏匿了

流浪者留给我的另外一个

时空

椭圆形的

在知更鸟词义转换的

绝望中

给 M

我去石牌东路买海鲜
经过暨南
一棵木麻黄树
孤零零地站在停车场的门角
那里
原来是一片木麻黄

我父亲说
麻黄叶发汗
用量不超一钱
麻黄根敛汗
够矛盾的树
父亲不在了
树就留那么一棵
为车场站岗

卖海鲜的阿姨

声音还是那么大：
"这么久不来帮衬，
我以为你失踪了！"
"现在的大闸蟹不行了
不过也吃不死的
没那么严重
有得吃已经不错了。"

我真的很久没去石牌市场
穿过暨大的捷径还在
再也遇不到熟人了
木棉树开始落叶
据说昨晚冷空气到了

我买了两只梭子蟹
一条海斑
打口唱片店没了
自由空间卖牛扒了

其实真的没什么

每个行人表情平静

我走或不走过

我又关他们什么事

我觉得脖子轻松多了

我下午去按摩

技师都是盲人

我在微信中写道：

他们把眼睛长在指纹上

你的身体是残损的山河

蟹和鱼

质量都不错

我觉得

海鲜档那对夫妻

老了

但卖的海鲜

真的很不错

给阿 P

木头醒着
纹理深处的心脏起搏器
春天不是关键
夏天也不是建阳苑被垫高

高于抗议的声音
夜晚因此沉沦
你的创意漫过汛期的沿江路
木棉的花期太短
在三五盏啤酒之间
老的老去
新的更新

一切无非虚妄
如果根茎像灯光随时点亮我
在一个词的深处
封锁所指

你在路的对面
用盐擦亮眼眸
看另一棵木麻黄
在刀锋的背面修剪冷漠的胡子

给 L2

"曾经"建立在灰烬之上
雨是同归于尽的

那盏灯照亮路并消灭所有的足迹
你懂得煤的沉默
如树的死亡如眼眸如昨夜
如反宋体的自我摧毁

我记得万古长空
如管乐演奏家的小腹般坚韧
触手可及
风在呼吸之外
冰川销蚀
而骨灰与活的指尖争夺一个词的抚养权

我站在天桥上
目睹街景的纷纷坠亡

这些都在时间之内

我与你除了蓝色的封面

还有一个逃匿的名字

还有一个酒杯让血管堆满没有方向的云

给 L4

夜已经被雪

灼伤

即使是炎夏

那个背影是灰白色的

像一棵树

固执地孤独着

进入高压罐的词语

辨认属性

以黑暗的姿势

截取回声

每一个回廊

旋转楼梯的音阶

向上

可以向上么

棕榈树

把根伸向天顶

在你指尖

可能触及的地方

给 K 和 L

我一直想知道
火焰之上的灵魂是如何舞蹈的
一杯酒
如何以颜色以温度
检阅那些麻木的
味蕾

街道苍白得像一匹时光的布
怎样都剪不完

我感觉不到在异国
没有时间和空间
无数棵树静默地站在街角
在许多另外的地方
它们都用
同一个姿势

我不知道

但丁是否走过这条街道

这条街道

是否曾经存在过

我确实走过

我也不知道明天

是否还有这条路

这条路

今晚发着异样的光

然后

我可以睡成一棵树

可以站在

任何一个地方

也可以燃烧

且一烧成炭

炭

可以拷问

漂泊的灵魂

什么是
灵魂

给冬天

所有的石头都在赶路
它们要赶在严冬到来之前
为虚无建一座城堡

所有的树木都在赶路
它们要赶在严冬到来之前
为火焰搭一张床

所有的道路都在赶路
它们要赶在严冬到来之前
拥抱绝望的河流

所有的我都在赶路
因为夏天是个胖子
为了你
我拒绝蝉声那统一的思想

我要成为冬天
我要瘦成一条流亡的路

给 CW

想起你

我就想起日内瓦湖的肥天鹅

就想起陈师傅的卤水老鹅头

想起老鹅头

就觉得今晚的啤酒淡了

栀子花

香得有点放荡

远游是天鹅

逃离是卤味

啤酒喝多了

除了频繁上厕所

就是想起瑞士的你

以及啤酒所需的老鹅头

还有不知道中国人口味的

日内瓦湖的肥天鹅

给上帝

进入与逃逸
体内的急雨经过蛇的脊背

互不相关的证词
一百万人同时穿过隧道

上帝一定需要睡觉
那么漫长黑夜能干些什么

即使是午后的晕眩
也解释不了蜘蛛下坠的意图

我用符号换取你的动乱
像一条鲑鱼赢得死亡

给过去

像繁复的梦是连绵不停的雨
枇杷树依然翠绿
酸爽的夏天逐渐远去
死去的是近乎完美的
那些光滑的石头
依附于那些失去意义的词语
以及裸露的晨光镜子
和空罐子共同储存一个荒废的花园

赠——

在不下雪的地方
谈论雪
雪像月光
灼伤失眠的影子

给我以火
煮雪烹茶
给我以黑暗
培养愤怒

并以仇恨蛊养胸中无数的虫
噬吃自己
直到雪覆盖一切

在不下雪的地方
谈论雪
我们以雪的眼光

审视夜

瓶子里的花
赠予岁月以横斜

给 LT

鱼背着整个大海的盐
等待曝晒

一个人的伊甸园
一棵冬天的树

风打扫落叶
阳光抽打果实的耳光

那么沉重的盐
那么虚无的海

骑着红鬃烈马
收集银色眼泪

所有的细节
长着翅膀

扇动海浪
盐使黑夜闪闪发光

给 J

你黎明光芒之喷发
我午夜旧梦之灰烬

在星光之下
寂寞大于宇宙

在你的眼眸之中
滴水成钻

在我的时间之外
人生如尘

因为指尖的冷
秋天正列队走在树林的边缘

给 Z

雨落在你经眼的地方
车流缓慢
一个词降落
和雨一样
淋湿内心某个角落

整个夏天都停在贝多芬的额头
整个城市的灯火像舒伯特的心事
指挥塔摆出勃拉姆斯的深情
把一首歌托给季风
在雨经过的地方
播种另外一种 b 小调

而我在一杯燥热的香槟面前
安抚破灭的气泡
金黄色的酒液
沉溺着落日的身影

日落在你经眼的地方

宇宙因你的呼吸

成为一点

无限远无限近

如巴赫的赋格

不近

不远

给——

我望望天空试图弄明白天空是啥意思
但最终想不明白我望望天空是啥意思

灰色,胸闷,以及黄昏的布鲁克纳
即使再虔诚我也感动不了一只飞鸟

在意识的世界里缪斯是苦难的大理石
悖论的大厦越建越高越建越壮阔华美

我的手假想滑过那冰凉的曲线
指尖是你给我的一个漫长夏天

给你

苦楝树碎紫色的香气沿泡沫的边缘

上升如一曲晦涩焦味的肖邦

雨落在掌面

掌心河流解冻,尚未规划的新航线

恍惚间有飞机坠毁

心情忐忑的新闻

我走过你的街角降 A 大调

锯齿形的祷词风渐渐大

你该如何握紧我词语上的膨胀

无常的脸

昨晚星辰昨夜风

给时间

等待钟面三针重叠
月光将提炼出黄金
夜莺啜饮桉树的眼泪
银色的树身
像眼泪凝固累积的盐

没有过去，也没有未来
碧蓝色的天空
可以容纳巨大的悲伤
眼睫垂下的阴影
大于你背后的月亮

即使如此
寒冷仍然是冬天的主题
我不知怎样去爱
喧哗的街道死寂之后
我想起你

一阵风

以及指尖升腾的波浪

零时零分

针对某个记忆

它不再是时间

某个城市

针对某种死亡

它只是一盏灯的温暖

给 M——

两重镜子
无数重性别
一个词迸裂
占领夜空

声音
高于脚手架

一只猫
蹑足踏过玫瑰的肉身

给明天

没有一个事物的影子
属于自身的
包括云
包括飞鸟
包括在阳光下走过的
你

我像乞丐般
收集一切虚拟的东西
云的叹息
飞鸟的声音
还有你留在空气里的
欲望

只有这些是自由
午后的温暖
手指的触感
在虚拟中
膨胀或者消亡

给春天

他们熟悉我所有的梦呓
像万物感应季节的变换

在一个深杯的晃动里
倾听坚冰解冻的声响

所谓春天
就是那瓶香槟发出的叹息
自你手指之间
水流花开

给那些囚笼

1

虚构一个词

有风的形状

自你的身体穿越

上面是裸色的月亮

把波澜装裱

在沙漠

用你的肉身炙烤

下面是巴黎的河流

句子需要倒装

我们生活在语法里

并跟石头

学习逃亡

2

我想躲进你的瞳孔

用你的眼睛仇视春天

在你的眼波之上酣睡

在你的眼泪之下裸泳

你定要穿越那黑暗的窄门

玫瑰遍植无人之境

你来了

千万个黑影千万个你

别在他的嘴寻找我的嘴

晦涩是光

必须自我囚禁

无题诗
——给荔子

如此时世如此肉体的刺痛

繁花即是地狱

我听到水声

从钟摆直泻而下

曾经以交谈为条件

我们的酒局山河寥落

再多的安慰也无济于事

临近水边的人可以一哭

哭的人刀光一闪

从海的深处

切开荒川

绝望的桃花

纷纷落下

我以抽搐的快感

作为黎明黑暗的

补偿

给我们

我们
是高窗外的他们
在琥珀色的酒液泅渡
手慢慢晃动
树影托起浮舟
以雨后林中小径的名义
我能说出你舌尖千百种香气

然而
高窗外是我们的他们
已经像蒲公英睡去
透明的伞
不会把梦升得太高

不可逾越的是指尖的火
在深海更深处
点燃矿脉
这一切
风暴并不知道

给 M

仅仅是看到的，车玻璃上的
雨点像你昨晚的呓语
湿润并带着春天的气息
你的手终于掠过整个草原
变成沙漠或者湖泊
并没有在计划之内

在一个美丽的季节，哀挽
往往如一朵过于脱俗的花朵
凋零于两个空杯之间
词语被预警
河流在欲望之外
没有一只飞越季节的鸟
被你的善良所收留

那么多的城市灯火，雨点
成为你我唯一的真实

那么多的鱼,在你的眼波之内

溺水

我该怎样,用另外一个词

表达过去,如鱼

在你的波澜里复活

给梦

梦才开始
许多门被打开
让那首小号迷路
所有出走
必将归来
都因为我相信
等待的力量

每扇窗都通往星光
每一束星光都是一个音符
每个音符都从你双唇吹出
而我只听到春天

其实
那就是宿命
我只需把乐谱折成飞机
就可以把你的梦
运回我的指尖

给航宇

完美的句子,比午夜的
回廊要短得多
装饰性的玻璃幕墙站在各自的
灯影里
彼此映照透明的心事
被经过者带走了
他丢弃的句子的宾语

苍白的主语要在阳光下成熟
走出暗室的普鲁斯特
像带刺的长春藤
钩住自己的脚后跟
下雨了
撕下的星期四和花城大道一样
有着暧昧的潮湿
如果有一个完美的句子,可以纠正
路牌的口音

回忆春天

——给小蔡一蝶

我设想

雨

落在

江的对岸

密集的

楼群之间

你

匆匆穿过某条横街

消失了

其中许多年

许多

事

岸

这边

阳光多好

落在

李花上

亮得有点刺眼

我坐在窗边

看《照夜白》

偶尔

发愣

缓缓的江水

缓缓的记忆

你拍一下我

花影

在落地玻璃

一晃

是风的

形状

或者

你笑的

痕迹

容易发困的

春天

在书店

也不例外

打盹的

那三十秒里

你梦见

你是另一棵树

等待命名

给酒

三杯之后，你的眼睛
如水晶杯里清澈的酒液
千顷烟波
向我涌来

以前，五月
我只等待六月的生日
现在，每天
我等你

声音自指尖诞生
初夏的雨
像交缠的肉体
那么迅猛

而后是风吹落的花瓣
梦见蝴蝶
在你两唇之间
衔着我迷离的春天

给最后

终究你把我的诗给
消灭了

只剩下诗里的痛苦
如月光般
定时出现

你在远处
像一阵忘记季节的风

给父亲

灯在你额角

我从另一面挖掘煤矿

自苍白的矿面提取声音

我更愿是一只蝴蝶

从翅膀的黑色开放你的眼

明亮的地方,明亮被遗忘

我阅读你

爱的罂粟

逃离的钟摆

盲者的花冠

那双手,站着

跨越时空的父亲

给我

我有时喜欢蓝

有时喜欢紫

你在的时候

我喜欢窗外那棵枇杷树上

绒绒的黄

侧光里

你的睫毛

是一棵枇杷树的

最初记忆

我不敢走太近

但一定不要太远

就三厘米的距离

我能呼吸到你的四季花开果熟

能看到你眼里波涌云飞

在焦灼的词汇里

我们同时抵达某个点

地铁呼啸而过

月亮冉冉升起

给那阵风

急雨

汇入双眼

金色的箭

金色落叶

永恒绿色的季节里

你不该仰望

那阵风

词语只能自我解冻

你的唇

读出铁锈

你不该读出

那阵风

始终畏高

尾椎骨的预言

越来越冷

耀眼的

你不该收藏

那阵风

关于风

——给 WH

(1)

我们从未考究过风的血缘

风凭流言蜚语攻击我们

在你寒颤的那一刻

风凭自制的试纸判定你泪液的糖分

而你我想推窗测量月色的温度

风撒一手落叶和飞尘

活埋了何其鲜活的夕阳

我们无法拒绝风的言论

在我们呼吸未停止之前

我们流泪

风的缘故

(2)

我们回头

看太阳的笑容自绿变黄

且将脱落在秋之前

你我的脚步声是太阳最后的叹息

在风的舌头

被卷成一条湿温的石板路

通向岁月的墓室

墓室通道的两侧

让风把悼词一路念下去

我们冗长的身影

已闻不出那些咸涩的汗味

醉后给易大经兄

我用全部的睡眠
交换月亮的复活

灯,以炽热
抵御视网膜预设的寒流

它最早抵达黎明
还有必须抛头露面的报纸

微波炉在凌晨
开始演习

燃烧没有用
除非你的指头筑起新的水坝

秋天
用三千匹马

拉住一个

叛乱的名词

和念出落叶的那苍白嘴唇的

温度

柔弱的玫瑰

刺伤所有指尖的暧昧

即使是蝴蝶的呼吸

都比一场词汇的崩溃

要沉重

风

高于羽翼

低于淤泥

被秒针驱赶的河流

漫过睫毛

月光在上边结巢

悲伤是银色的

没有翅膀

也没有子裔

硬币宣言,月光的

住处

剩下调性的奏鸣曲

在路上

河流

一个宋代冷峻的瓷罐

怀孕

心跳

一样

死亡

是另一样

弦 上 的 眼 睑

未题草

雨点囚禁于玻璃的静默里
多雨的季节
我总在黑暗里
穿着黑色的衣衫
灰色的鸽子在黑暗里拍打
黑色的声音
可我看不见

贝多芬比以前更坚硬
我知道耳边失却声音的意义
石头的欲望比火线更深远
我知道手指失却抚摸的原因

当我再一次进入这间酒吧
还可能是原来的那一间吗
老问题像黑夜一样古老
我为什么要回避

城市的背影

昼伏夜出

一首似是而非的歌

保持沉默的姿势

与我擦身而过

早晨

如果醒得早，总可听到鸟的叫声
即使前几天下着雨，也是如此
你几乎看不到它们的身影：
湿润的声音带着春天的色彩

窗前的枇杷树已经过了花期
翠绿的果子像一个个鼓槌
催着初夏的成熟
那时也许可以见到鸟儿在枝头跳动
啄食那金黄的甘蜜

狭小的城市空间，一点生机都值得赞美
不要发出声音
寂静，世界的各个声部会更清晰
大多数时候我闭眼聆听
再一次酣然入睡，没有梦

纪念

空气轻盈，落花乃有回旋的托力

树下不宜仰望

雨自轻处款款而来

雨比花更轻，眼疼

酒后读梵高

星光是曲折蜿蜒的

风中有熏艾的味道，那时朗诵必须有乡音

而死亡是凌波而来的燕子

跟着迁徙的词语

徘徊不已

声音

在天花板上舞蹈
石头的声音是一只装满
焦虑的空瓶子

暗影
像你身上剥落的衣物
散布于目光可以触及的角落

逃逸
或者与声音平行
在每个楼梯口

灯光可以有千分之一秒的时间
挣扎

而我如何可能有
另外一次的转身

声音是空瓶子里沉默的石头

手指不再是纯粹的流亡
沿波光的纹理抚摸
直到声音在耳边复活
所有的石头留守空心的岁月

转身
在每个渡口
潮水可以有千分之一秒的时间

虚脱

走在天桥上的老虎

老虎走在天河立交桥上
一个异常大塞车的午后
许多人已进入设定的梦乡
我听到老虎拖着疲倦的声音
吟诵博尔赫斯的诗篇

"我的眼睛已经告别光明
世界从此没有威胁"

午后我走在天河路上
春天已经到来
阳光使我眼前一黑
我不知道什么时候开始
眼睛畏惧光明

在黑暗里
我看到老虎走上天河立交桥

那是一只歌声嘶哑的老虎

"诗人为什么要离开城市
那里已经没有你的故乡"

我不喜欢欲望游走的夏天
我不喜欢冰凉的蛇
我不想和一只老虎坐在
一个小酒吧的角落

我得不停地游走
直到阳光在我身上剥落

为什么要与一只老虎
不期而遇
为什么要在阳光下
眼前一黑

我睁开眼睛
计算机还开着
离上班时间还早

十五分钟

十五分钟能做些什么
写一首粗糙、无关痛痒的诗
我看一看办公台对面壁上的钟

离下班还有十五分钟的时间
十五分钟能做些什么
我总是准时下班

五月底的阳光毒辣辣
梦中不可承受的长舌妇人
十五分钟能做些什么

我害怕在金闪闪的阳光下
看到自己阴暗的影子
无精打采

窗外右侧有棵大叶紫荆树

不知什么时候开始
开满了那些放纵的花

十五分钟的时间
一棵紫荆树能做些什么
为了一只流浪的狂蜂而怀孕

或者因一阵风把一身花朵
痛而快乐地抖掉

十五分钟毫无意义
我不相信有任何奇迹出现
关掉计算机
再伸一下懒腰
时间就过去了

十五分钟可以跟谁再聊一下
还是算了吧

天在几分钟内居然变得暗黑

就要下雨了

还是赶紧回家吧

在哪里都一样

还是回家吧

梦

我梦见鱼,不是蝴蝶

是吃人鱼

冰凉的脚沉默在冰凉的空调房里

鱼游在空中,没有水

某个人说

鱼是中国古老的性图腾

游在诗经里,游在屈原的臆想里

可这与我有什么关系呢

鱼与蝴蝶有什么关系呢

我觉得脚尖有点冷

拉拉被子,一转身

又睡去

没有鱼,没有梦

关于梦

我有太多的记忆

当我想给你以叙述时

我发现这是个圈套

所有的记忆有点来路不明

或许是我个人的虚构

可我凭什么虚构呢

我可以虚构梦吗

梦不就是一个关于迷路的虚构吗

我在哪里我是谁

你是我梦的虚构还是你梦见我

我是你的虚构

可梦是什么

就说梦是鱼吧

就说梦是蝴蝶吧

就说你是鱼吧

就说我是蝴蝶吧

鱼会梦见蝴蝶吗

蝴蝶在黄昏里燃烧

半夜里你听见鱼的呼叫吗

雨

我一直怀疑自己的听觉，如果下雨

我就打开窗，让声音掩没灯光

我躺着读保罗·策兰，许多年

依然只读了开头几页，文字的深渊

比雨夜更渺远

可以肯定是下雨了，风应该很大

雨点猛敲着窗玻璃

窗帘拉得紧紧的，我害怕黑暗里的光

我躺着，既没有拉开窗帘也没打开窗

自小母亲就说我的听力不好

她说话时我却神游天外

我总对人说我喜欢下雨，喜欢雨夜

雨声是我的一种睡眠，在黑暗中

即使睁开眼睛，我也相信自己睡着

在黑暗中

念想是一种梦幻，可以修补

删掉或者遗忘，不再害怕

那遥远时刻，被唤醒

总是在每个清晨被唤醒

上学或者其后的生计

而此刻，雨是真实的存在

我早已说过晚安，雨是一种睡眠

清醒的念想

都计入那遥远时刻的睡梦中

老去

说老去是一朵午时花在午夜的回望

多么老土的比喻

这是老去的征兆

我昨晚想

小酒馆在午夜的燃烧

那是风欲望的颜色

曾照亮我苍白的背影

是宿命的演绎

我没有看到火光

但我看到心间日渐冷却的灰烬

许多往事欲说还休

所谓往事大多是自我的虚构

我不知道我与你是否

曾在同一家小酒馆喝过酒

酒馆是不是酒后的幻觉

还有你或者我

一切都会老去的

广州的夜雨有时也觉迷离，比如昨晚

我看着一个一个窗寂寞老去，泪流满面，

算了吧

四月的日子

四月的日子
不再想念陀思妥耶夫斯基
许多女孩
浮在空中,将阳光揉成
下午三点钟的蜘蛛网
一只红蜘蛛睡着了
风是时代的情妇
我不相信美丽是种阴谋

四月的日子
许多回忆流行
灵魂在阳光下闲荡
我们的城市拒绝怀旧
只有流行音乐
是永久性的骨灰墓地
过冬的雏菊
嘴唇有上帝永恒的泪痕

诗人

在鱼肚翻白的河畔
我们约定下一次见面的时间
当然不必制造阴风冷雨的场面
你只淡淡一笑
我只淡淡一笑

烟瘾生长需要某种气候
在气象局预报第三次寒潮到来时
虽然有误报的前两次
我依然把门窗封死
只留烟蒂在你指间最后呼吸
我终未学会抽烟
你却开始咳嗽
你是否还记得约定的日子，我说
当我们制造时钟的时候
我们已注定要跟着它奔跑

帷幕降落

在时针与秒针间我们切不开日夜

至于所有门窗开启

我们意识到我们看完了日场电影

还没有起风,阳光很好

家中的门窗封严没有? 你说

玻璃

这个夏天必将无可回避地

陷入玻璃的圈套

我坐在阴暗的屋角

想象一种叫玫瑰的花朵

将冷冷地刺破

故事的胚胎

然后，一切如计划顺利地流产

玻璃无法将午后聚焦成

你眼眸失明的原因

但我还是将夏季拧干

洒落在想象的荒地

一如瘦黄牛的骨架

架在你沉重的鼻梁上

题老宋的《那个夏天宁静的海》

时间在桅樯上

一些词语已经老去

海鸥还会飞来

死亡的不是远去

我的笔触和刀

鲜活着自己的灵魂

血只是其中一种颜色

其实，词语也是多余的

即使还有活下来的

但词语如此不可或缺

譬如诅咒

如果需要的话

我相信它的力量

颜色以之命名

但生活不是

当我读厨子宋的画

我从来没有觉得有幅画在眼前

锅油刀铲

被潜化成另外一种陌生的渴望

路径有无数的路向

灵魂袅袅上升

在炊烟之外

是自己暮色的形象

持杖的我

是笔端的颤抖

恍惚

昨天的归来

呼吸

无论怎样的凄风苦雨

都不能扑灭我玻璃窗内的灯光

狭窄的街道

寂寞的树

你的呼吸,你的喘息

是生命唯一的象征

浮雕上的天使

舞动着凝固的渴望

狂态的乐声

切割着绷紧的神经

是谁一声凄厉的怪笑

在诸神诞生的日子

投入我静谧的氛围

没有夕阳,没有朝晖

没有失望,没有希望

早晨从十二时开始

在挤拥的公共汽车里徐徐蠕动

那个城市

没有夕阳，没有朝晖

没有邻居，没有信差

啤酒瓶敲打着报丧的电话铃

而我是怎样的一个虔诚者

礼拜着从高楼夹缝里

筛漏进来的一缕星光

读一卷里尔克或波德莱尔

告诉自己：

我还在呼吸

我还在呼吸

王尔德，石头和鱼

我再一次向水里投掷石头

落叶遮蔽春天的意图

当影子回归百年的阳光

我感到有人在月光的背面冷笑

天真得像只六月的黄蜂

舞台旋转

影子在大街拐角处追逐

鱼探出水面

翅膀和树根疯狂伸长

我就要那朱唇和粉脸

带着温暖的鲜血

我只要那颗年轻的头颅

和鱼裸滑的肉身

石头石头

一百年我可以目睹一切

鱼在春水里忘记发情

我在高楼的某堵墙上

回忆那个肮脏而美丽的黄昏

石头的声音充满我的耳朵

谁在幽暗处手握欲望的密码

让我在镜子里迷失自己

像一条鱼

滑向透明的深渊

哭泣,石头的惶惑

所有的树根在地下纠缠已久

我站在绝望的岸边

无力感困扰着每一盏跳动的灯

半夜,鱼将伸出头喘息

一场雨夹在两棵树之间

没有过去没有未来

只有灯回望着灰烬

那是谁曾走过的路

弦上的眼睑

声音之外
色彩急泻于黑暗
我曾经的爱
用稀释的语言
在回南天的手指上
写下干燥的暗流

层层叠叠
叠叠层层
近乎急促的爱欲和死亡的
春季

解冻
自你的指尖
指向
解冻的熔流

那些我不知道的

天空被悬挂上去,没有开端

结局是：有飞机坠毁

鸟群遮蔽阳光

疏漏的光线下此起彼伏的风铃

用不同的词语自证其没有口吃

但牵牛花还是叫牵牛花

戴老花镜和命名一只蝴蝶一样

变态又可爱

枣红色的健身券,无可救药的

爱上西芹汁

我没有数过广场前的水杉树

你眼睛下雨并溅在

我和镜子之间,许多声音类似猫

湿漉漉充满皮肤的感觉

尔后,夏天将不只是传说

不知名的肉体切片交给显微外科

终极问题,列车晚点

选择通过隧道的一束口哨

像鱼骨一样卡在喉咙

黑猫

车堵在隧道里
黑色的花芯
小提琴的波浪
淹过疲惫的眼睫

没有人相信
这丝绒般的困倦
来自某只手
他为魔鬼签署契约

穿越
像河流浮泛的泡沫
许多世纪
在你的指尖

无题

天阴暗了下来
设想是寒流即将抵达
松软的沙发有点破旧
不需要天气预报
你懒洋洋地躺着
那里就有光

我偏爱紫色的花朵
从紫罗兰到洋桔梗
我都爱
天阴暗了下来
紫色变得模糊
我看到你的手
在黑白的琴键上飞翔
声音就是光

尖锐的日子

灵魂从肉体出走

我只专注一棵树的

四季

阳光的爱抚

暴雨的劫掠

同一个窗口

不同的心疼

无数更替的四季

天阴了下来

词语开始渗出它的光

带着午后的

困倦

某些陌生

雨落在耳膜，词语

依然干燥

潮汐冲塌梦的色彩

凝结盐

在深夜的眼睫

优雅的飞翔

光在黑洞旋转

无穷无尽

虚拟另一个我

把现实安置

秘密

如果苦难是一座密林
这黄昏的阳光
使苦难成为黄金
深藏于岁月的心脏
被旅人梦想

每个孤独的人
都有合适的理由
喜悦或者忧伤
我翻着书
打瞌睡
阳光也照在我的身上
孤独就是沾着蜜糖的
嘴唇

高塔

在疼痛与麻木之间
回南天
禁锢了所有窗玻璃的尖叫
整个城市像一团面
无法揉开

沃尔科特死了
白鹭飞在灰光灯下
我试图隔断词语的袭击
以一朵花殉葬
一个畏高的念头

塔尖还在
时间早已沉沦

无题

水站直
成了一棵树

花瓣上的黑暗
藏着星光

我所经过的
全是重游

我知道你是谁
在我出生前

一幅画

从大提琴的午后出走
灰色的窗帘
像玻璃杯里的倒影
静止不动

我对肉身保持好奇
对你保持心跳
色彩眩晕着
从你的眼睛溢出来

春天住在你双唇之间
决堤的颤栗
禁忌的花

黄昏雨后

我听到夕阳的声音,在绵密的口感中

眼光和雨水交织着,薄暮的爱欲

透过所有高楼的夹缝

所有的夹缝,以夏季的名义

焚烧着,以汗和喘息

重新上演,假设的观众

在层层叠叠的密林中寻找果实

金属肺片

敦厚的低音,裸露着挥霍着

沟壑之间

被激励着的炽热废墟

漩涡

用膝盖顶着天空
你就可以舒服地躺着
呼吸一个黄昏

你舒服地躺着
海水托起你
睡意向你袭来

当你睡着
海鸟消失
你在一个漩涡里

我们沿着漩涡的边缘滑翔
一支曲子叠着另一支曲子
不屈不挠地靠近波峰

如果落日真的染了血

那就是自由

从一个波峰奔向另一个波峰

直到夜晚真正降临

指尖划过水面

叫醒沉匿的星星

乳白色的天空

我遥遥回想这乳白色的天空
失去晶莹的雨滴
是冰冷冰冷的
此刻只隔一层玻璃
而我却开始遥遥回想
甚至对于雨滴或者自己
是一种虚构
深信不疑

乳白色的天空下
应该有一座山
有荒废的石阶
让青苔滑下来
让你爬上去
并应和着彼此
苍翠的心跳

我喜欢雨落在你的耳边

我喜欢雨落在你的耳边
一个失聪者
你跟我说这个春天
大叶榕遭遇群体暴动
以黄金换取脱身

多么可笑的呢喃
听不到自己的声音

我喜欢雨落在你的耳边
一个失明者
你跟我说这个春天
大叶榕遭遇群体暴动
以定音鼓换取飘零的圆舞曲

多么可爱的图景
造化无边无际

春天

比起雨天,阳光下的柏油马路
显得更加沉稳安静
你独享这春天的午后,异木棉开得纯粹,

人们可以忽略这一切
在美好的事情中间并习以为常
像我也忽略美好词语带来的喜悦

我相信所有的动机是美丑的前提
午后时光,最好有一杯好茶
它带有这个春天以前的每个春天

雨的缝隙

雨
被雾包围,吞噬

一树木棉花
以自焚
以陨落
给麻木以痛感

金钱豹穿过疏林
城市是午后的镜像

无题

有着季节花期的胸椎

绽放刺痛和黑暗

镜子不屑于影子戏法

井底承诺

月亮出来

又走了

我在你浮光掠影的天际

寻找自己

只有疼痛证明时间的存在

像铁水般锃亮

像大海的摇篮

布鲁克纳

清凉是灰烬之花

插在记忆熔化的冷静之瓶

没有候鸟装饰巨大的午夜

落地玻璃透明

没有人知道你坐在那里

布鲁克纳的穹顶在暗蓝的海底

我的眼不会合上为了看见鱼

但我看见你在雪盲的那一瞬间

茉莉花嘴巴吐出整个夏天的盐

长笛与罂粟

长笛吹出彩虹微茫之火

雨在夜色背后

朗诵飞鸟

樱桃用腐烂发现闪亮的旷野

我们都必须习惯这岑静

用指尖的刺痛

画出另一条逃生的线路

极目望去

谁的双眼大雨滂沱

影子的血

冲垮灯火的堤岸

崩毁与时间

清晰如梦

你终于学会用词语焚烧

绝美的罂粟

呼吸这最深的黑暗

台风来了

台风到来之前
我拉直天空
调匀忧郁的蓝

有些事情在拢聚
碰杯
泡沫并未溢出
闪电
听不见雷声

我只担心
我再和你多说一句话
就回不去
那时候的雨
和伞无关

某些瞬间

低音提琴上的花朵
用黑暗铸成
所有的嘴巴都张开
向日葵般的口形
统一时间里的下水道

而你顺手一冲
荒林之上的落日
苦涩的果子等待被命名
在打结的地方
词语听到你缄默的声音

离开时间

以人的方式，创造
一个午后在你的身体内部
太阳升起并停下来
温暖河流和血液

黑暗插入，喉管
最闪亮的歌声穿越玻璃的界面
荒凉是一枚钢针上的月光
时间从来如此，当它离开你

灯火昏睡

昏睡，但时常被月亮唤醒
和檀木地板一样
失眠也可以见到坚硬的年轮

无辜的灯火
错综复杂的城市
我们害怕敏感
却时常把内心磨得锋利

毛月亮

整个过程确实像一篇
晦涩的译文
没有人读懂
我在时间的一侧
抛弃杂物
修剪荒草

而那晚
你像雨后的月亮
忽然和我对坐而饮
把十年的干渴
化解为汹涌的河流
相互淹没

不分你我
没有时间

无题

秋天提前抵达喉咙
言辞发痒

蚂蚁爬在窗玻璃上
黄昏巨大的斑点

屈伸僵硬的手指
不可知论者的方向

过去心不可得
过去就过去了

只有指尖触及
波澜以及鱼之脊背的微凉

艾草

云收割他黄昏的仰望
然后是星光
比海的波澜更震撼
超出他的想象
和语言

影子不独自上路
九月的艾草
发出篝火的焦香
门不会闭上
要留给夜行的风

你已没有初夏的青涩和莽撞
此夜,爱像
稻穗已学会谦卑
饱满
秋空般浩瀚静谧的深情

是夜

生蚝是情欲的药引
美酒就是绮梦的炸弹

人生并没有因此而美好

已成绝响的书札传统
时间的速度因书札的消亡
变得飞快
人生并没有因此而美好

没有闲暇
人日渐物化
被世界运转的轮带牵引
慢慢忘却了自己

走失

肯定的是，太阳在你眼里走失
连下午也走失
遗留陌生人的影子在你掌心
掌纹并未获解冻

我想起你也曾在我身边走失
光线在楼群缝隙穿梭
没有人愿意成为你头颅内的一棵树
让鸟儿在树上结巢歌唱

两条舌头是两片沙漠
升到穹顶的高度
凡走失的
都变成一阵雨

无题

注释多于你想说出的
暮云只能是个词语
在我血管深处
独来独往着
一种忧伤

光秃秃的呼吸里
睡着深渊

你在下雨

雨无法自我确认
你在下雨

按照逻辑
你是一株罂粟
带着雨水
在肉体上开放

骚动与喧嚣
自镜面转向更深更黑暗
整个午后
如此这般

呼吸
这万物的玩偶
被雨声淹没
你在下雨

此日

你走进自己的面孔
清明节有它自己的语言
昨夜的雨
延伸着失眠的火
闪烁，铁锈的作业
用磨损写诗

很久以前留下来的季节
不可逆转
伟岸的树
适合作为沉默的证词

临河问水
桃花如颜

此日
风在眉间

变

我能感到某些变化：

视力模糊

字体变小

故事越来越冗长

但某些词语

也变得更加敞亮

智慧

和爱

其实

其实，那个词
风景：我的梦只是没有做梦
其实，所谓镜像：在黑暗中
待雪平静后
你是一棵树，另外一棵树

我付出一切，茫然不知所措
你拥有一切，除了一无所知
我看到一棵树经过
你是我的万有，光停止

空

没有什么需要放下的
雨中的伞

我想起花的时候
花瓶空着

美是一种伤感
一团泥再也找不回最初的柔软

空瓶装着空的时候
就充实了

失眠

我不写诗

我写失眠

写那只壁虎

把荧光灯照得惨白

写玫瑰花

那诡异的表情

我写曲折幽深的洞穴

栖息红眼睛的蝙蝠

写无意义的喘息

天花上的河流

我不写失眠

我写许多失踪的祖先

他们在睫毛上聚会

我写另一个春天

潮湿的舌头

卷入钢水的漩涡

我什么都不写
我只把你疼成一首诗

一切安好,没有奇迹

午后的阳光打在音箱上
声音纹丝不动
摩尔和迪斯考契合无间
沿着冬的旅途
承担舒伯特所有的情绪波动

没有奇迹,新闻没有变得更真实
风选择逃避树的抖动
街角的空地堆满杂物
一只猫在昏睡
我猜是一只流浪猫
和朋友圈的猫一点都不一样
毛皮肮脏没有慵懒讨好的双眼

没有奇迹
一切都是眼睛见过的
一切都是耳朵听过的
天空灰蒙蒙
偶尔有飞机飞过

呓语

选择真实,唯有夜
鱼贯而出的人群
树叶在雨中呈现难得的谦逊
我以时间的名义
描述这虚无
的物象

此刻
居住于你眼中的
除了困倦
还有喧哗的静止
脸挨着脸
像墓室的壁画

我也不是真实的存在
我看见一只鸟
从嘴巴飞出
叫着我的名字

骑士

抽离玻璃般的
诅咒
自酒杯刮起阵风
比嘴唇
苍白

无非雨
骑着喘息的刀
掠夺契约
四面的隔音墙
咽下
灯光的痛

自己的十四行

我不能确认敲门声来自何处
地狱或者从板书走出的金钱豹
声音的节奏来自诗的肌理
恐惧感从尾椎骨直线上升
那些畏高的记忆再次袭来

温柔的暴力
所有如常降临的夏日是如此完美的设定
我将自己与梦境隔离
合起手掌储存骤来的雨水
鱼呀，进化并非美好
我曾是海水深处的火焰

金子般铸就的这个世纪
阴魂不散的底座越筑越高
在墙角拥抱的人是沥青的寂寞

发晕

这个黄昏只是这个黄昏
昨天这个时候的暴雨似乎是个臆想
气温太高
许多脑袋发晕
即使平时
许多脑袋也发晕
但你总不好意思说人家发晕

你以为这是一个尺度
结果都一样
没有人愿意承认自己的发亮

风站在原地
一动不动
枇杷树晃了一下
天就暗了
你感到自己正在发晕

手

天空坚硬
广场的花岗岩地砖
像中暑者惨败的脸

白炽灯
烙烤路过者的身影
黑暗
是唯一的证词

没有神秘
半夜口渴的人
看到一只收紧的
手

无题

我倾听暮云

如烈马青葱

逆光中挺拔的树木列队穿过

暴雨惊恐的锁骨

鲜丽的肉身不容许

鸟群飞过

我把雪落在你滚烫的五点钟

而呼吸有镜面的淤青

空盒

被命名的荒原

是午后的困顿

我们一起搬运空盒子

有些装过梦境

有些什么也没装过

但都没有留任何痕迹

如果你占有话语权

那些空盒子

就不是空盒子

甚至没有空盒子

梦境可以住人

其居民不需要做梦

只有脸孔是一致的

你就不需要光

无题

无数朵云固定在天空
风静止
沿街的树木有母性的耐心

往睡眠里挖
你总是睁着双眼
尽可能吸进白天的黑暗

你比我更能认出我
在字典和现实之间
只有呼吸的厚度

五点

倒影的秘密
到底是黄昏时刻
肺部通透
以极其细微的咳嗽
抵达你最初的呼吸

我不懂得叙述
可以制造事实
五点以后就开始塞车
只有这个时候
你才感到步伐轻盈

夜

有时候,火焰之上

黑暗堆积

像巨大的城堡

住着以为内心透亮的无形人

风站立着燃烧

靠你的凝视存在

一个声音在静谧内部

赶过羊群

通过词的拱门

剥落的眼神

剥落的眼神

我的未来曾在某个车站
准点并开往过去
你说那是声音的印象
在午夜的纸上行驶
但,不

每个隧道
都是你剥落严重的眼神

涩

没有淋湿羽毛
也没有喊醒肉身
灰蒙蒙一片
如期来却没有如期去

我站在某处
忘记我是我
于是有点伤感

既不因为我不是
也不因为我是

边缘

我走过这熟悉都市的陌生街道
雨水逆光
照见花飞尘扬的午后

再往前推
晨风初起
在你梦醒的边缘

春生水漾
又茫然无边

花语

我买玫瑰

也买蔷薇

但似乎没买过月季

三者到底有什么不同

我不在意

我不明白它们各自的花语

追求意义

也许曾忽略它们的美丽

花就是花

最宜愉悦自己

抵达普宁

我看到落日而车速加快
尼龙窗帘流动你眼睫的盐
呼吸像简单的旗帜
我们没有其他可失去

我总是敏感于每个车站
那些在你脑海里走失的石头
列队欢呼的绿色
一时间涌上我的喉头

属于歌唱的是沉默
我将之想象成你禁锢的暴雪
从最后一页往前翻
是唯一拥有火焰的练习

凌晨一点

我以最快的速度啜一口苦啤
冷空气也如是掠夺你的额头

街灯滑下词语的温度
如你的手滑向售卖机
按下错误的指纹

他们走在街上
包括我们，但我们不包括他们
你说出我像候鸟
——飞过空中而空中空无一物

只有烟的眼睛
汩汩流淌夜的黑暗并把我安顿
杯中疯人院的歌唱
这碎玻璃赠礼
赞美我，像青铜器的锈绿

次日

是谁让阳光如此慷慨
用黄金铺就你每寸肌肤

我惯常赖床
窗口的逆光生成你的世界

藤蔓缠绕窗棂
整个四月一涌而入

我闭上眼睛
你是唯一的存在

我睁开眼睛
你已悄然隐去

是谁让阳光如此慷慨
用黄金铺就我唇边的语句

祈祷

无法从一个词
索取色块

许多人在天空中浮现，然后消失
一个
两个
没有色彩

宇宙
只剩下一双手

祈祷——
宇宙再缩小点
只居住上帝
就完美了

阴天

既然是阴天我就把灯打开
在午后两点
另一个地方，你午睡
我希望有厚厚的窗帘
再短暂的梦
也可以梦见一朵花完整开放

午后的白炽灯
像告诉飞行的夜航机
舱内的人各怀心事
我带着耳机想象你的手指
触及琴键滑向我的耳垂

既然是阴天
我可以陷进沙发
像你平时那个样子
睫毛是春天的树林
我靠近进入
大地发出最私密的声音

给

梦才开始
许多门就被打开
让那首小号迷路
所有出走
必将归来
都因为我相信
等待的力量

每扇窗都通往星光
每一束星光都是一个音符
每个音符都从你双唇吹出
而我只听到春天

其实
那就是宿命
我只需要把乐谱折成飞机
就可以把你的梦
运回我的指尖

念想

找不到一个词
开始漫长的念想

一旦开始
时间就失去界限

蝴蝶诞生于虚无
指尖是最初的火焰

我愿意是一条鱼
游弋于你唇齿之间

这么大的雨
哪里是你的河岸

鱼溺于水
我溺于对你的眷恋

破日

一轮落日
撞在玻璃幕墙上
行人目光呆滞

从地上
转入地下
冷气很足
列车准时抵达

从地下
钻出地面
一股热浪扑来
天就暗了

我望你一眼
街灯
从你身边一路
亮过来了

原谅我

原谅我
总在同一棵树下
观察风的方向
雨淋了你的额头
街灯劫持了黄昏

原谅我
总用相同的姿势
等待你
晚班机掠过你的眉梢
驮着将圆的月亮

原谅那些歧义的词
原谅慌乱的嘴唇
原谅那些使我慌乱的年轻人
原谅那阵老去的风

原谅我

不懈的等待

而且

终于

等到了你

大堂吧

这灯光
甚于声音
让人沉溺
啤酒冰凉
时间暧昧

换一个姿势
我希望看到落地玻璃外
有只猫正在观察我
但没有

出租车一闪而过
抛弃
那只扬起的手

枇杷树

台风到来之前
枇杷被采摘干净
地下没有一颗伤感的果子

事实是
我从来没见过果子成熟过
从绒绒的花
到青涩的果子
每天我都从树下走过
然后
一夜间
所有果子就消失了
从来没等到成熟的那一天

暴雨即将来临
枇杷树冠
更像一朵阴郁的云

Mirror

没有镜子

湖水攫取天空

带给你

一个透明的黄昏

如拆开书

关于内容

是我们最初的石火天光

手触及处

都是滚烫的

废墟

影

卧室昏暗

书杂乱堆放

积满灰尘

它们都醒着

有时讨论我的失眠

有时偷偷溜到阳台

给我借一寸月光

日影是一条鲸鱼

驮着我

游向黄昏

我的梦是蓝的

像你偶尔抬头望见的

星空

你出现

世界只剩下一条窄巷

日影越拧越紧

一条绳般

把两个灵魂

缚在一起了

我总在醉酒的时候想起你

我总在醉酒的时候想起你
湿漉漉的葡萄藤伸进深夜
满天繁星像蚂蚁
爬满敏感的肌肤

如果有肖邦的夜曲
摇曳在深紫色的漩涡
溺水的鱼将在你的唇间复活
用石头储存记忆和时间

以鞭子雕刻姿势的火焰
以手指挖掘触觉的金黄

夜莺于深渊
黑暗的最深处
歌声诞生于
颤栗与迷狂

冲击我的河岸

没有梦

我接受黑夜

指尖

是唯一的星光

风即翅膀

自你的后背

诞生

渺远的天空

我像宠爱任性的孩子

宠爱你的沉溺

在镜中

你是我的飞翔

然后

用一个词

命名爱

用另一个词

重塑肉身

夜宵

你说
我都四十多岁了

向东
是家
那朝西呢
充满避讳

其实有什么所谓呢
西边的房子也升值了
后来雨真的来了
我在旁边一家云吞店吃了碗云吞
为什么叫云吞呢
我没有细想
我觉得吃饱
还是休息一下去跑个步吧

不然就吃饱撑着了

居所

棕榈树上面那角的蔚蓝
是我灵魂的居所
它下过雨
是雨后静好的虚空

天空空得容下所有的欲望
欲望大得像天空般的虚空

指尖滑过琴键如灵魂奔跑于
白天和黑夜
声音也是蔚蓝的一角
是我灵魂漂泊的海

而我只是静坐于坚硬的木凳
让内心柔软下来
像棕榈树上边的那块白云
等待黄昏

莲的心事

我以无边无量无尽的寂寞

在你的夏夜开一朵素净的莲花

心事如芥子如宇宙的内核

层层叠叠飘飘忽忽地裂变

开始了爱欲

开始了慈悲

开始了背上的夏日

千回百转

熟了莲蓬

苦了莲心

寒塘渡鸦影

我在阳台供奉一轮明月

万年的凝眸

为了那颗坚毅如金刚的莲籽

在你心中

再次发芽

早晨

早晨
像从温泉捡出的鸡蛋
我感到你皮肤的热度

你一翻身
亮度就增强
我走在芳草萋萋的小径
辨不出方向

没有维度的时候
我会放任眼睛流泪

我为你写诗
鸟儿飞跃天际

掠

此刻天空是明亮简单的风从枇杷树错过
我把自己删减成一个词
只够描述你

你那么纯粹像风吹过我窗前的枇杷树
树叶晃动了千分之一秒
刚好被我看见

一枝黑色的枝丫
托起一枚月亮
照亮你清澈无比的双眼

归属

那灵魂不妥协像午夜的一只空杯
装满月光和亿万年的追忆与期待

是的，你是我的
那匹白马驮着秋风的身影和箫声

是的，我是你的
蝴蝶翅动海啸于无边沙漠之渡口

安静之舟
爱之修持

床单

肉体停泊在你荷花盛开的七月
酒窖昏暗美酒即将熟成
影子编织最繁密的路线
包括天空和皮肤下澎湃的河流

你是我的宿命如同灯与影的纠缠
面朝西方与整个七月的落日对峙
刺眼的光芒如你午夜翻起的床单
那最深沉的喘息所应承担的黑暗

秋·立

风在芒果树的树梢

果实已采摘完毕

或者从没结过果子

即使每个春天

我们都给那些花朵打脸

这些被迁移城市的树木

被修剪被绝育

突然望着玻璃幕墙

想象森林的样子

立秋这一天

岗顶不塞车

我来不及看看暨大围墙边的

木麻黄

这些没有美感的树木

已差不多被砍光

秋大概立在遥远的北方

雁翼之上

我带着蝉声和大汗

走入你的时间

于静对中

饮一杯默契的安然

堵车

毋庸置疑,那朵云
是因为堵车才被发现的
灰暗,毫不显眼
整个天空似乎就那么一朵云
至少从我的角度看
确实如此

存在与否
真是个问题
但你又确实在某个地方等我
并预知黄昏时分的大堵塞
悠然喝着冰滴咖啡
给我一个微信
很堵吧,不急
肯尼亚冰滴咖啡
酸度不错

遐思

那么多高楼
静静地站着
不同种类的花木
也是

各自守住各自的
秩序

空调房
火焰
也静静地站着

只有一本被翻开的书
静静躺着
等你

你在附近

指尖逃离深渊
陷入词语的歧义
树在夹道
选择日落的方向

我想你在附近
也肯定必然如此
必要的迷信
是黄昏趋于平静

燃灯者

谁是燃灯者
以一点微弱的光
不懈地
为这个漫长的思想黑夜
带来些许温暖和希望

梦呓

那一截蔚蓝的深渊偶尔出现无所不在
浑浊世界的洁净玻璃你透过某个词语
抵达我的黄昏似分裂的乐章注释花朵

摒弃所有发生的方法吧飞鸟暗蚀晴空
微尘般的忧郁我无法在静默的裂缝中醒来
虚拱着食指在记忆的空寂处突然停顿

酒醉的人在午夜醒来

酒醉的人在午夜醒来
丢失白天的人
旋转的楼梯被拉直
蓝色扩充范围
门廊已遥不可及

鸟还醒着
不祥的声音
在镜里闪闪发光
过道
通往虚无的充气艇

杯子里，有破碎的梦呓
暗黄色的信封
没有人记起的神话故事
午夜醒来的人
影子
找不到陌生的肉身

一只甲虫

姜花平静得像个惯偷
它分得清香气潜逃的路径

说得更明白点
整条马路的车子都停滞了

一只甲虫
在手背文身

时间的花
把夕阳留给迟飞的鸟

找不到可以赠送的陌生人

在石牌东路
情人节的下午
玫瑰像疯狂的毒药
辉映着蝴蝶的脸庞
蝴蝶在掌中孕育
一场绝望逃亡

一条熟悉的路从此陌生
一生的虚构从此可以
在风中穿行
消灭所有的蝴蝶
比消灭垃圾要来得容易
当我挤上最后一班公共汽车
我知道
赫拉克利特的河流
已经暮色苍茫

如果我静下来

如果我静下来如果我愿意叙述
句子就会展开
土地故乡花花草草以及虚构的人物
自夏至周何论孔孟郁郁乎文洪水滔天
我长期失眠我唱不了高亢的歌声

此时猫跳在沙发的后背之上
我不知道它的意图和情绪
但一定是寂寞了
毕竟那么大的空间一天空无一人
它不知道人为什么出去了
它不停地吃胖得像个毛团
我不能回答它任何问题
它也不知道怎么问
跳上又跳下
只有我坐在沙发上

长毛猫让我烦恼但我知道脱毛不是它
的问题
我黑色的衣服因此有丝缕分明的颜色

夏天的风呀
雨过的星河呀
如此清晰神秘
像光天化日之下的罪行
我们看见和看不见
都一样

星河在你的夜
在我的转身之间
消失

薄荷味的黄昏

薄荷味的黄昏，雨停驻在漂泊的双唇上
一些光影干涸，他们的旅程：
温柔而赤裸的河岸

正在倾听的是鲜花盛开的手势
摒弃奔跑的庭院
坚定地寻找愉悦的不安
以不存在的方式
凝视时间

你的杀戮，如水般漫过歌声的穹顶
不受庇护
万物如此
带着积雪自由的想象

曲线与光

眼睫停泊着迷路的风

整个夏天卡在喉咙口

雨后的落日

机翅

如暧昧的手势

一抹羞红

应该有一个柔和的凹面

光滑地容纳一切

一片树叶

落入湖面

飞鸟掠过

天空

某种错觉

释放黄昏时分的灵魂

拿铁咖啡

一只狂躁的怪兽

灰霾是虔诚的

不为冷空气所动

需要多大的力量

才能把你带进宁静的黑暗

一首变奏曲如果停下

你可以看到苍鹰自焚的火光

在天空的一角

那是大雪纷飞之地

是词语赤裸的酒杯

除了狂迷

还有疼痛的慰藉

不寐的呓语

晚安·雨

雨再来时

间奏曲在焦黄的纸上书写另一黄昏

而接下来的夜

是科尔托的颓废

散落到每个音符的深处

你听到

你就是肖邦

晚安·你

要记住
你是这季节的名物
是忘川的花朵
是流水的沙漠
是我的晚安词
在一树寂寞地盛放

晚安·梦

所谓的大江东去

不过眼波流转

时序更替

你我在姻缘俱足的时候不问去来

酣然一梦

风烟俱净

晚安·距离

只有深夜

才有深秋

我把虚空的事物称之为无限

秋风如此高爽

呼吸如此近

星河如此远

这一切只是最恰当的距离

晚安·神经

大提琴的暗影缓缓返回历史的灯火

沿着罗马石松的针尖

激活我麻木的神经

然后我必须保持沉默

巴赫的喃喃低语才能升腾为浩瀚的天空

晚安·月光

总有一场雪要落在你智慧的前额
总有一个夜要横在你空旷的栅栏
人一旦入梦
月光就是软刀子
在内心深处发出冷冷的光芒

晚安·羽毛

夜晚是比孤独更轻的那片羽毛

它在你的手中诞生另外一个飞翔的肉身

短暂而美好

皎洁得像月光

激荡着每根毛细血管

晚安·风

哪怕有一丝轻微痛苦感知的同理心

我们就不会陷入狭隘和蛮荒的危害中

风吹过你的指缝

带来沙漠和花的寂寞路径

在云舒云卷之间

晚安·阳光

当舌下的阳光抵达声音的花园

淡淡的影子在上升

呼叫的是幽暗的闪电

在水的密码中

颤栗狂奔

晚安·沉默

自尊的黑暗
是陌生人红色的大门
他们在船上截走轻盈的手掌
秋天曾经唱起的
是我的永恒的哑默

晚安·陌生人

我们超越季节
星光举起静寂的祭台
所有事物难以把握
而波浪在我们心中
我们就不是冷漠的陌生人

晚安·欲望

被色彩囚禁的欲望

在悬崖上滑行

舌头上愤怒的烈马自我隐忍

卷回喉管

当朝阳从喉结破壁而出

你我即是最初的证人

晚安·舌

像舌头那么柔软
像种子那么简单
从花瓶溢出的光
在愉悦的罪感里
大海乃有喷射的线条

晚安·灰烬

总有一些事物在幻化

灰烬升华为冬季温暖的梦

文字叠层为隐喻

而你一定要置身事外

沉默才是你内心深处荡起的歌

晚安·沮丧

自我和自我陌异总是同时出现
越自我
越多陌异的东西涌现
所谓的发现
即是自我陌异化过程中
某种意义上的暂时满足或沮丧

晚安·天空

我将我的重负

等同大海

我将我的呼吸

放在最晦涩的词语里

而此夜

鱼飞满天空

我的指尖是另外一个天空

晚安·翅膀

我知道翅膀太多颜色也没用

他们只在乎飞翔的高度

可我更愿意你内心色彩绚美

温暖自己

给我信心

天空是自由活动的空间

晚安·列车

悬崖与飞翔

你是一块色彩的燃烧

水母游过特定的词义

试图从梦中越狱

我静默

看云错过最后一班列车

晚安·灯

我把灯光想象成雨
夜晚就有了我喜欢的东西
忽然记起博尔赫斯的诗句
"时光在院子里下着无子的棋"
灯光就是棋子跌落棋盘的声响

晚安·世界

偶尔在乎月圆月缺

内心就细腻柔软了

你也许也只不过是一个努力学习爱的人

但世界因此有所不同

这不是自大

最少对我而言

是这样的

晚安·狗尾巴草

如果我明天能像狗尾巴草般醒来

梦一定是透明并镶着金边

像当时握着你的手

就知道花开在什么地方

风吹往哪个方向

晚安

晚安·回声

月亮褐红色的手势
我是你陌生的迷失
这陶制的夜
一敲即碎
另一夜拒绝回声

晚安·眼睛

你要说出我的名字
像秋风吹过高耸的树
随着我的乡音
蓝色的三月之春
在深海写就你眼睛的情歌

晚安·河

以最简单的形式

让土石有自己的名字

用肺吹开一朵匿名的花

用你的手沉睡躁动的河

一千个嘴张开

沉睡的

在飞翔

晚安·琴弦

有时词语可以覆盖一切

却沉默着

香气越过精致的琴弦

紧张地卡住你的呼吸

直至眼光凝固成穹顶的石头

晚安·野花

不要扼杀夏天那张嘴
与我的嘴一样
只是紧咬声音的芒刺
野花是你喝下的酒
一切为了遗忘

晚安·囚徒

你是夜色伟大的囚徒
在时间的边缘
擦拭一颗黑暗的心
芦笛在异度空间响起
与心的跳动同频

晚安·萤火

那不存在的萤火
是时间深处雪崩的回声
他们睡在悬钟之上
天天梦见鱼群

晚安·失忆

我是季节的窥视者
在乐谱的空白页上
阴影独自留在一个未来的手势上
我写下：
失忆，是我的第三个声音

晚安·窗外

石头没有开花
你也没有在时间里
有词语的地方就是窗外
月色如此之美
从此刻开始
爱就是一无所知

晚安·空虚

网络状的空虚

以潮湿的欲望

簇拥着二月幽暗的呼吸

蓝色的锁骨

开着高速的列车

没有风

晚安·虚寂

我属于触摸

在日落的琴弦上

我学习独自一人想象河流

通过音响听到季节的声响

星空虚寂

夜晚已浓

晚安·触感

仲夏夜

知了搬来游云的影子

一些不可知的事物

晃动你的深杯

你听歌声来自指尖的触感

炭火的肌肤

晚安·蛛网

我要回到雨丝挂檐的时候

我迟迟进不了你的蛛网

我早知道昨日的风

吹走网住的一切

只有月光还困在其中

晚安·流星

在醉之前睡去
有蓝色的梦留在你的眼睫
湖水清澈
停泊在睫毛之上的流星
记得我曾经的燃烧

晚安·对话

影子是空寂的河床
我们的对话是无尽的流沙
当河水漫过星星的额头
你的灵魂回响着自由的变奏

晚安·生长

夜在你的身上生长

我在树上旅行

每个人都以疲惫的眼神看着我们

我们看看天空

色彩充满猫头鹰的声音

晚安·归宿

我相信所有的命

是一次又一次的演绎

你不属于这个世界

所以可以飞翔

时间之外

时间之外，色彩埋在复活的虚幻里

死亡还是我们最伟大的归宿

编后记

蔡妙芳

师兄陈达舜的诗集《剥落的眼神》终于成型了。

这是一件本来许多年以前就应该完成的事情，但是不知什么原因，耽搁至今。师兄说，你不要这样想，许多事，都随缘，现在结集，不算早，但也不算晚。

他是这样的人。

很久很久以前，我是他文字的崇拜者。当时他在暨大，和中文系另外几个才子创办《青穗》校园文学报，我在校报看到他的散文《黄山赋》的时候，一下子魔怔，这样的文字，是灵气，更是另一种思维宽度。

那张报纸我收藏至今，即使后来我的阅读量、阅读视野有了变化，但让我萌发想成为他那样的，在文字中自由自在、汪洋恣肆坦露自己的性灵和思想的愿望，其缘由只有当年那一个。

爱，和自由，是达舜师兄诗集呈现的思想，这也是他自处和待人的手势。他是可以有很多越活越优游自在的借口的，但是他却总处于一种孤独之中。因为太熟悉他的文字，这本《剥落的眼神》诗集里面，一些曾在朋友圈读过，也有一些是从未读过的，诗行里蕴含着的情感和思绪，我总是容易捕捉到。这个对色声香味天赋十分敏锐的人，注定在现实中经历千辛万苦，艰难险阻，不断为难自己，在诗里寻求自我的认证，以及生存的哲学。

诗，是诗人的自传。每个辗转奔波在路上的瞬间，刻印着诗人的所思所悟，所爱所恨。一朵花里有极致的美感，一曲音乐中藏着曲作者极致的深情，《剥落的眼神》精选自诗人近十年来的诗，每一首诗，都是诗人沉溺在尘世间的喜怒哀乐。

他是有悲悯情怀的。这份悲悯的前因是看得懂，看得透，悲悯的后果有可能变得慈祥温和，也有可能变得更加忧心伤感，各因天生的禀赋性情而异。感觉敏锐的人，经常反被自己的敏锐割得遍体鳞伤。诗集起名"剥落的眼神"，我猜想里面就有撕裂剥落的痛楚。

看着这世间，白茫茫大地。吾辈停歇，或经过此间，回首处，但愿一片干干净净，也无风雨也无晴。

达舜师兄把诗集的编辑、校稿，交付给航宇，还有我。我和航宇都很高兴，也是我们作为师弟师妹的荣幸。诗人，是大地行走的歌者，他在前面行走，我们便在后面跟随。